Michael Schmid

Die Zerstörung Stockholms

Eine fragwürdige Liebe

Autor: Michael Schmid, E-Mail: verlag@it-dialog.com
Lektor: Alexander Hoffmann
Buchlayout nach einer Vorlage von Johann-Christian Hanke

ISBN (eBook): 978-3-96459-009-1
ISBN (Print): 978-3-96459-010-7

Herausgeber und Verlag
it-dialog e.K.
Stockholmer Platz 1
70173 Stuttgart
HRA 738321, Stuttgart
E-Mail: verlag@it-dialog.com
Webseite: https://www.it-dialog.com/de/verlag

Inhaltsverzeichnis

Vorwort

Liebe Leserinnen und Leser, Sie werden eine Geschichte lesen, die Sie auch in eine der schönsten Städte Europas führt. Stockholm, die Hauptstadt Schwedens, beherbergt wundervolle Menschen mit wundervollem Flair und einem interessanten, andersartigen Verständnis von sozialem Gefüge.

Unser Erzähler Alfred wohnte zeitweilig sogar im gleichen Hotel wie der Protagonist seiner Geschichte.

Alfred ist Professor für Fahrzeugbau und berät ein Unternehmen südlich von Stockholm. In seinem Beruf ist Alfred häufig unterwegs und trifft viele Fremde, es folgt der Austausch von Geschichten. John steckt in einer großen Krise und tauscht sich mit Alfred aus. Es dreht sich um Liebe, um Ehe und Familie, um Trennung und Verlust. Aber auch um Veränderung mit all ihren Chancen und Risiken. Wie es ausgeht? Finden Sie es heraus.

1

Alfred, der Seelentröster

Aalen, 2021: Freund in Not

Jäh riss mich mein Telefon aus dem Schlummer. Schlaftrunken tastete ich im Umfeld seiner nächtlichen Parkposition. Wer mag das wohl sein? Die Uhr zeigte 0:43. »Hallo?« – Stille am anderen Ende der Leitung – »Hallo?«

»Hallo Alfred, hier ist John.«

Mein empathisches System ›bootete‹ sofort. »Hallo John, welche Überraschung. Wie geht es Dir?«

»Nicht gut.« Johns Stimme klang merkwürdig verhalten.

John ordne ich in die Gruppe der einfühlsamen Menschenfreunde mit der eher seltenen Gabe zu positivem Denken und Sprechen ein, wovon er gerade weit entfernt schien.

»Mensch, was ist denn los«, fragte ich ihn unter dem Eindruck seiner Hilflosigkeit. Es schien mir, als unterdrücke er Traurigkeit.

»Alyssa, will sich von mir trennen«, sagte John mit erstickter Stimme.

»Häää, was hast Du denn angestellt?«, fragte ich in ermunterndem Ton.

»Nichts,« sagte er, »also nichts, was das rechtfertigen könnte.«

»Mensch, Alyssa und Du sind doch das Traumpaar schlechthin. Hat sie plötzlich einen anderen, oder bist Du fremdgegangen?«

»Nichts davon ist geschehen.«

Ich spürte neben dem Anflug von Groll echte Ratlosigkeit. Sie waren beide dafür bekannt dem Partner zugewandt zu sein und sich proaktiv füreinander zu engagieren. Sie lernten sich vor 21 Jahren kennen- und lieben. Zumindest gab es nichts Anderes zu vermuten. Alyssa war der zurückhaltende Typ. Ich kannte sie nur rücksichtsvoll und immer besorgt, was auch für John galt.

Sie haben zwei Kinder, Stephan und Klara. Die Kinder entwickelten sich unter der elterlichen Fürsorge wunderbar. Die Eltern zogen extra wegen des nahen Waldes in den Hamburger Waldweg. Klara, die Kreative und Stephan, der gerechte Denker. Beide konnten impulsiv sein.

»John, willst Du mir erzählen? Ich habe Zeit«, munterte ich ihn auf.

»Alyssa ist gerade im Krankenhaus. Sie hatte Panikattacken, die sich durch Herzrasen und hohen Blutdruck äußerten.«

»Oh!«

»Sie war mit den Kindern unterwegs gewesen und fuhr an der Autobahn auf einen der Parkplätze. Sie rief mich an und berichtete, sie habe eine Freundin gebeten, mit ihrem Sohn auf den Parkplatz zu kommen, damit sie wenigstens runter von der Autobahn kämen; das Reiseziel wäre nicht mehr fern. Ich bat Alyssa, sich durchchecken zu lassen, denn ich machte mir große Sorgen.«

»Ja, Alyssa ist für ihre Umsicht und ihr ausgeprägtes Bedürfnis nach Sicherheit bekannt«, sagte ich.

»Alyssa ist das Beste, was mir jemals in meinem Leben passiert ist.« John schluchzte.

»Was geschah weiter?« fragte ich vorsichtig und abwartend, wie weit sich John öffnete.

John schien noch mit den Tränen zu kämpfen, also wartete ich ruhig ab.

Nach einer Weile sagte er, Alyssa sei am Zielort in einen noch schlimmeren Zustand geraten und habe sofort den Notarzt alarmiert, der sie dann in eine nahegelegene Klinik gebracht habe.

Da ich ihn schon lange kannte wusste ich, er ist in größter Sorge um seine Liebste.

John war in diesem Zeitraum ungefähr 700 km von zuhause entfernt und in Süddeutschland mit der Regelung einer Angelegenheit seiner Herkunftsfamilie befasst. Seine Mutter war vor wenigen Monaten gestorben.

Alyssa hatte ihm zur Regelung der Aufgaben Zeit gegeben; die beiden hatten sich am Tag zuvor verabschiedet, als John wegen der Beerdigung ihres lieben Vaters zu Hause war. Alyssa hatte, wie immer, gut für John eingekauft und sogar noch sein Auto geputzt, ohne, dass John das verlangt hätte. Aber so waren die beiden eben. Man kümmerte sich um den anderen.

»Was haben die Ärzte in der Klinik herausgefunden?« fragte ich John besorgt, denn ich kannte die hübsche Alyssa mit ihren wunderbar lockigen Haaren und dem hübschen und freundlichen Gesicht, ihren braunen Augen und der kleinen Stupsnase.

»Nichts. Die Ärzte konnten keine Ursachen feststellen. Physisch sei alles in Ordnung.«

Mir fiel sofort Psychosomatik ein, was ich aber nicht sagte. Wem hilft ›Psychologisieren‹ in solchen Fällen?

Doch John fuhr fort: »Ich sorgte mich, ob sich ein psychosomatisches Leiden manifestierte. Ich deutete ihre wachsende Zurückhaltung zu Dialogen in die Zwangsecke. Sie hat schon einen kleinen Putzfimmel und nervt die Familie, wenn ihre Mutter zu erwarten ist. Aber sie wurde deshalb nie ärztlich betreut.«

Nach wenigen Tagen hatte John wieder einen Anruf von Alyssa erhalten, um ihm die jüngste Erfahrung zu berichten. Sie hätte nachts unter Panikattacken gelitten, dass sie erneut ihre Freundin bat, sie sofort in die nächste Klinik nach Hamburg zu bringen. Zweimal Klinik in einer Woche und vorher nie. Das alarmierte John.

»Alyssa rief mich von dort an und, weil ich auch in dieser Klinik operiert wurde, erinnerte ich mich an die teilweise längliche Aufnahmeprozedur. Ich fragte Alyssa, ob ich dort einen beschleunigenden Anruf tätigen sollte. Alyssa stimmte zu«, sagte John. »Ich dachte, die Zustimmung ist für Alyssa eher ungewöhnlich, weil sie niemanden aus dessen Arbeit herausreißen will, denn sie weiß um den Stress des Klinikpersonals. Ich schätze sie nicht nur wegen ihrer großherzigen Rücksichtnahme; sie ist obendrein hochintelligent und als Gesprächspartnerin fortwährend ein bereicherndes Erlebnis.«

John sagte weiter: »Nach zwei Tagen rief mich Alyssa wieder an. Ich freute mich, ihre Stimme zu hören. Sie sagte, die Ärzte hätten erneut nichts gefunden, obwohl der Blutdruck permanent auf 250 sei, sie zittere und die Panikattacken bestünden fort.«

Mein Freund machte eine kleine Pause und erklärte dann: »Und unerwartet sagte sie, sie glaube, es sei das Beste für sie, sich von mir zu trennen.«

»Boah, und was hast Du dann gesagt?«, fragte ich teilnahmsvoll.

John konnte seine Stimme nicht mehr kontrollieren, sie überschlug sich, er weinte fürchterlich und berichtete von seiner Reaktion in recht abgehackten Sätzen.

Er wolle nach wie vor, dass es ihr gut ginge und habe daher gesagt, falls es für sie das Beste sei, wolle er nicht im Wege stehen. Sie solle ihn aber weiter auf dem Laufenden halten, weil er sich große Sorgen mache.

Sie hätte zugestimmt und ihn nach einiger Zeit nochmals angerufen und sich für sein großzügiges Entgegenkommen bedankt. Die Situation wäre für sie fürchterlich. Sein Verständnis habe sie als sehr schöne Geste empfunden und sie hätte ob seiner Zustimmung geweint.

John und ich sind seit vielen Jahren eng befreundet. Wir waren in derselben Schulklasse. Ich schätze seine Umsicht und die vielen tiefgründigen Gespräche, die wir miteinander führen durften. Er kann zuweilen seinen eigenen Kopf in der Verfolgung seiner Ziele entwickeln und er schafft es immer wieder, optimale Lösungen zu finden.

Was war da los, fragte ich mich? Verhält er sich womöglich in seiner Familie anders, als ich ihn kenne? Schreit er, prügelt er? Tyrannisiert er? Unvorstellbar.

Ich schlug ihm vor, mich gleich am nächsten Morgen zum Kaffee zu besuchen und zu reden. Er sagte sofort zu.

Immerhin ließen sich für Alyssas Trennungswunsch mildernde Umstände anführen. Panikattacken haben tiefe Ursachen.

Hellwach dachte ich an die Beziehung von John und Alyssa. Zu intensiv kannte ich die Familie. Sie gehörten einfach alle zusammen. Trotz dieser bohrenden Gedanken schlief ich dann aber fest ein.

2

Erster Geburtstag

15 Jahre früher, Stockholm

John und Alyssa umarmen in einem Stockholmer Hotel glücklich ihren kleinen Jungen. Stephan ist heute ein Jahr alt geworden.

Die Sonne geht um diese Zeit dort um ca. 5:40 auf, wobei die schweren Vorhänge der Suite die Dunkelheit im Schlafzimmer gegen die früh einsetzenden Lichtstrahlen gut und lange verteidigten.

Stephs erster Geburtstag ist für die Eltern das Ereignis des Tages. Sie sehnten sich den Zeitpunkt des Geburtstagsständchens herbei. Alyssa schleicht sich als Erste aus dem Schlafzimmer, um letzte Hand an die am Vorabend aufgehängten Girlanden und die drapierten Geschenke zu legen. Ein liebevolles Lächeln ziert ihr hübsches Gesicht.

Sie lässt John noch in Ruhe, denn sein Auftrag in dem schwedischen Unternehmen als Hoffnung auf Erfolg mit dem Projekt ist sehr herausfordernd. Bei dem Aufenthalt in Stockholm verbinden sie Berufliches und Privates. Alyssa begegnet John mit großer Liebe und Verständnis. Sie war selbst eine Zeit lang Beraterin und kennt das Geschäft mit all seinen Nachteilen.

Doch John kann wegen der nahenden Feier auch nicht mehr schlafen; er vermisst seine Alyssa. Er steht leise und sachte auf, denn Steph liegt in seinem von Alyssa liebevoll aufgestellten Reisebettchen und schlummert friedlich. Natürlich hatte Alyssa umsichtig die Angeln der Schlafzimmertür geölt, damit sie nicht quietschten, um dem Spross Ruhe zu ermöglichen.

Beide Eltern prüften das Arrangement der Geschenke und gehen die Planung des Tages noch einmal durch.

John hatte in Stockholm einen guten Freund gefunden, dessen Frau zehn Tage nach Stephs Geburt auch einen Sohn gebar. Man hatte sich zum frühen Nachmittag in ›Gamla Stan‹, der historischen Altstadt Stockholms, in einem Straßencafé als Startpunkt für die Reise nach Junibacken verabredet. Junibacken ist der Ort von Astrid Lindgren, ein Erlebnismuseum, das mit Szenen aus Lindgrens Geschichten aufwartet.

Für den Abend hatten Alyssa und John die Chefin vom Hotelrestaurant gefragt, ob sie ein paar Tische für 15 Personen vorbereiten könne, denn Steph hätte seinen ersten Geburtstag. Dorthin war die befreundete Familie mit Sohn eingeladen.

Im Schlafzimmer nebenan beenden Geräusche die Ungeduld der Eltern – Steph nähert sich seiner ersten Geburtstagsfeier mit großen Schritten und seine Eltern sind gespannt.

Behutsam huscht Alyssa ins Schlafzimmer, gibt Steph Zeit. Doch der ist wie immer rasch putzmunter und schaut mit großen Augen, wohl, wieso da etwas anders ist als sonst.

Alyssa nimmt den Jungen hoch und drückt ihn behutsam und liebevoll an sich und schaut John glücklich an. Steph wird an John weitergereicht, der sehr gerührt seinen Jungen ebenfalls drückt.

Die Eltern stimmen das Lied ›Happy Birthday…‹ an und singen tapfer bis zum Schluss in der Annahme, der Junge könne die Mixtur zwischen Diaphonia und Symphonia nicht als unangenehm empfinden.

Alyssa strebt zurück ins Wohnzimmer und zündet die Kerzen an. John geht mit Steph hinterher und lässt dem Jungen Zeit, die Pracht des Zimmers zu bewundern. Er weiß nicht so genau, wohin Babys in dem Alter ihr Augenmerk richten und hofft auf die indirekte Rückmeldung durch Anzeichen von Aktivitätsdrang beim Kind. Der setzt auch bald ein, und Steph sitzt vor seiner Mama auf dem Boden, die schon das erste Geschenk in der Hand hält. Ganz viele Geschenke warten noch.

John beschließt, sich die Situation für die Ewigkeit im Gedächtnis zu bewahren. Da fällt ihm ein, er hatte ja die Videokamera, die zur Geburt von Steph gekauft worden war. Die Aufnahmen für die Nachwelt begannen.

Nach seiner Morgentoilette - John will um 9 Uhr in den nahgelegenen Büroräumen des Kunden mit seiner Arbeit beginnen – findet er Frau und Kind auf dem Boden sitzend und mit den neuen Bauklötzchen spielen.

Alyssa baut, während Steph zwischen Bewunderung und Spaß hin und hergerissen ist, mit den Klötzchen Türme auf, um sie gleich danach wieder umzuwerfen. John gibt zu bedenken, dass die Entdeckung der Lust zur Zerstörung für den Jungen etwas zu früh begänne, aber sie verweist auf das begeisterte Gesicht des Jungen und John verfolgt das Thema nicht weiter.

Der Besuch bei Astrid Lindgren in Junibacken ist viel zu kurz angesichts der vielfältigen Möglichkeiten zur Entfaltung, denken Alyssa und John. Allerdings kennen sie sich mit der Belastungsfähigkeit des Jungen noch nicht so gut aus und wollen daher nicht überreizen.

Zurück im Hotel erwartet Steph eine große Überraschung. Sein Vater John ist im Hotel bekannt und beliebt, aber was sie jetzt erleben dürfen, hätten sie nie für möglich gehalten. Eigentlich könnte man glauben, das Globen-Hotel sei eine unpersönliche Hotelkette. Doch die Angestellten des Hotels warten bereits, bis die Geburtstagsfamilie eintrifft. John fragt die Restaurantleiterin Anna staunend, ob heute noch mehrere Geburtstage stattfänden, weil nicht nur ein Tisch, sondern das komplette Restaurant mit Luftschlangen und Girlanden geschmückt ist.

Anna lächelt verschämt und sagt, die Entscheidung der Eltern, bei ihnen zu feiern, sei ihnen eine große Freude. Darauf gibt sie dem Personal den Einsatz für ein schwedisches Geburtstagsständchen.

Alle hatten den Jungen liebgewonnen, wohl auch, weil er jeden Abend fröhlich und begeistert im Restaurant seine Oliven mampft. Die schienen die ideale ›Nahrungsmittelergänzung‹ zur Babykost. Das empfanden sie als ungewöhnlich.

Kaum ist das Ständchen verklungen, in das auch andere Gäste einstimmten, gibt es die Geschenke des Hotelpersonals. Die haben buchstäblich das nahegelegene Spielwarengeschäft aufgekauft.

Für Alyssa und John ist dies die perfekte Demonstration von schwedischer Gastlichkeit und Familiensinn, die später noch durch die Eisbombe gekrönt wird. Sie ist garniert mit Früchten und herrlich funkensprühenden Wunderkerzen. Und sie ist vor allem riesig!

3

Frühstück

Unter Freunden

So gegen fünf Uhr morgens wachte ich auf und aus den Nebeln morgendlicher Gedanken drängte sich das gestrige Telefonat mit John. Was ist da los, dachte ich. Was könnte John angestellt haben? – der Gedanke hatte mich fest im Griff.

John lebte häufig in einer eigenen Gedankenwelt und kam regelmäßig mit verblüffenden Ideen um die Ecke. Darauf angesprochen, erzählte er mir von einem australischen Psychologen mit dessen wissenschaftlicher Arbeit über Knobeln mit Streichhölzchen. »Was kann man an mit Knobeleien schon erforschen?«, fragte ich neugierig nach.

Wenn man ein Hölzchen umlege, entstehe ein anderer Sinnzusammenhang, antwortete John. Er erklärte mir weiter, der Professor habe festgestellt, dass Probanden bestimmte Konstellationen rasch lösten, andere wiederum erforderten viel mehr Zeit zur Lösung.

»Fand der Professor heraus, woran das liegt?«

»Ja. Die Versuchspersonen unterschieden sich stark, aber er konnte Gruppen bilden und erkannte, wenn die erforderliche Lösungsstrategie, auf die sich eine Versuchsperson eingeschossen hatte, beim anderen Spiel anders war, konnte sie der Spieler nicht einfach herausfinden. Er versuchte immer, die einmal als erfolgreich erkannte Strategie erneut anzuwenden und war enttäuscht, wenn es nicht klappte. Anstelle eines Strategiewechsels probierte der Lösende herum, verhedderte sich und brauchte erheblich mehr Zeit.«

»Ja und?« fragte ich. »Angenommen, Du hättest alle erdenklichen Lösungsstrategien im Kopf, und wendest sie nicht an? Einstein definierte Wahnsinn als immer wieder das Gleiche zu tun und ein anderes Ergebnis zu erwarten.«

John arbeitete hart an seiner Gedankenwelt. Er konnte Halbwissen nicht leiden, weil er Gründlichkeit anstrebt. Er war ein laufender Quell sprühender und vor allem unerwarteter Ideen. Zuweilen eckte er damit an, obwohl er unterm Strich als intelligent und liebenswert empfunden wurde.

Nun wartete ich genau auf diesen von Ideen sprühenden Menschen und war besorgt um seinen Zustand und die Auswirkungen des angekündigten Verlusts seiner lieben Frau und Familie.

John klingelte maskenvermummt (wir waren noch in der Coronaphase) und pünktlich zur vereinbarten Zeit. Ich öffnete ihm und hieß ihn in meiner Räuberhöhle herzlich willkommen. Ich bereitete gerade den Verkauf meines Appartements vor und dachte, ohne Teppiche und Tapeten sähe der Käufer die Werthaltigkeit der Bausubstanz rascher. Dementsprechend roh sah die Wohnung auch aus. »Hübsch hast Du es hier«, sagte John mit seinem berühmten Sarkasmus und legte die Tüte mit frischen, eigens besorgten Brezeln auf den provisorischen Frühstückstisch. »Darf ich die Maske abnehmen?«, fragte er vorsichtig rücksichtsvoll.

»Wenn Du das nicht machst…,« doch ich sollte den Satz nicht beenden. John warf seinen Anorak auf einen die freien Stühle und setzte sich. Ich schaute in sein sehr trauriges Gesicht und fragte, was er denn aus seiner Sicht getan hätte, um die brutale Ablehnung durch Alyssa zu provozieren. »Wenn ich Dich nicht besser kennen würde, vermutete ich, Du hast Alyssa ins Krankenhaus geprügelt.«

»Dann würde ich ihre Entscheidung sofort verstehen und hätte Dich nicht belästigt«, erwiderte John.

»John«, sagte ich, »ich weiß, Du würdest das nie tun. Du schluckst eher Schwierigkeiten, als an Gewalt zu denken. Wie lange kennt Ihr Euch denn jetzt genau?«

John seufzte. »Einundzwanzig Jahre, fünf Monate und drei Tage. Als ich sie das erste Mal sah, war ich sofort verliebt und beeindruckt". Er packte die Brezeln aus. »Hast Du einen Korb für Dein Lieblingsgebäck?«

»Ein Teller tut's auch, hier bitte«, antwortete ich, nahm Platz und schenkte den Pulverkaffee ein.

»Hast Du Vermutungen? Hat sie einen anderen?« John schüttelte den Kopf.

»Ich bemühte mich die letzten Jahre, wieder zu dem gemeinsamen Verständnis zurückzufinden, das wir am Anfang hatten; es war wunderbar, In Ihrer Nähe konnte ich meine Wunden lecken, die mich der Beruf einfangen ließ.«

»Ja, das konnte ich beobachten. Umso größer ist jetzt meine Verwunderung. Doch welche Veränderung hast Du bemerkt?«

John berichtete traurig, Alyssa hätte sich immer mehr zurückgezogen und Gespräche vermieden. Abends sei sie gerne mit dem jüngsten Familienmitglied, der Tochter Klara in einer merkwürdigen Fernsehserie eingetaucht, angeblich stünde die Tochter darauf. Die Serie handle von drei Generationen einer Familie. Die gutsituierte Oma und der Opa der einzigen Enkelin Rory bemühten sich immer um ihre geschiedene Mutter, die zwar immer wieder etwas begann, aber nie so richtig zu Ende bringen konnte.

Hin und wieder hätte er sich mit seinem Feierabendbier zu Alyssa und Klara gesellt und gelegentlich seinen Kommentar losgelassen und dabei keinen Hehl aus der Nützlichkeit der Serie gemacht.

Natürlich hätte die Familie auf Protest des männlichen Teils auch andere Filme angesehen, zum Teil sehr interessante und packende Filme, um auch mit Steph gemeinsame Abende zu gestalten. Steph ginge die Themenwahl der Damen gewaltig auf den Keks. Er habe oft zu seinem, Johns Bedauern, verärgert das Wohnzimmer verlassen.

Alyssa schaute, so erklärte mir John, gerne gemeinsam eine andere Serie an, in der ein junger Anwalt mit fotografischem Gedächtnis die New Yorker Wirtschaftsgauner jagte. Er kannte nicht nur die Gesetze, sondern auch deren Auslegung, was im amerikanischen Rechtssystem besonders wichtig sei. Der einzige Nachteil des jungen Anwalts war, in Harvard nicht abgeschlossen zu haben, was aber wegen seiner Brillanz nicht auffiel.

»Habt ihr andere Aktivitäten entfaltet?«, fragte ich.

»Doch, und ich empfand das immer schön. Die Kinder begleiteten uns gerne und wir hatten immer viel Spaß.«

»Bis auf die versiegende Kommunikation?«

»Naja, manchmal entwickelte Alyssa Ärger und Unmut, hauptsächlich wegen zweier Punkte.«

John machte ein nachdenkliches Gesicht und fuhr fort. »Als Steph zur Welt kam, fand ich Alyssas Entscheidung, sich ausschließlich der Erziehung der Kinder zu widmen, großartig. Sie verdiente außergewöhnlich in ihrem Job, wir kalkulierten ihren Verdienstausfall ein und sie kündigte ihren Job.«

»Damit wurdest Du zum Alleinverdiener der Familie?«

»Ja im vollen Bewusstsein und mit Wohlwollen. Und da ich sowieso unter der Woche beim Kunden war, übernahm Alyssa die anderen Aufgaben. Später nahm sie eine Halbtagsstelle an, obwohl dies finanziell nicht erforderlich war. Aber wie sollte sie sonst ihre geistigen Fähigkeiten nutzen?«

John dachte einen Augenblick nach und runzelte die Stirn. »Hm, da könnte ein Teil des Problems liegen. Die Arbeitsteilung hat sich wieder geändert und ich sprach das nicht an, um Dinge zu übernehmen.«

»John, deswegen gibt es die segensreiche Einrichtung der Kommunikation.«

»Das funktioniert aber nur dann, wenn dabei kein Partner mauert.«

Nachdenklich fragte ich ihn: »Und was sind das jetzt für zwei Punkte genau, die Dir vorher in den Sinn kamen und Alyssa störten? Etwa putzen und aufräumen?«

4

Vor den Toren Stockholms

Ein besonderer Ort

Johns Arbeit als Selbständiger führt ihn zu laufend wachsenden Herausforderungen; er findet Beachtung bei Unternehmen. Seine Erfahrung, sein Detailwissen und seine umgängliche Art schätzen Unternehmer, Manager und Experten. Auch Vermittlungsagenten erkennen sein Potential.

Eineinhalb Jahre vor Stephs Geburt vereinbart John mit einem Agenten ein Interview mit dem internen Projektleiter und dem deutschen Geschäftsführer eines schwedischen Unternehmens der Telekommunikationsbranche. Die Firma sucht einen Sachkundigen für Verfahren von deutschen Großkonzernen und plant dafür den Einsatz eines ›Deutschen Engagement Managers‹, wofür John in Frage kommt.

Dem schwedischen Unternehmen ist es schon gelungen dank seiner beachtlichen Komponente der Telekommunikationstechnik, einen großen Auftrag eines Großkonzerns aus Deutschland an Land zu ziehen. Doch man ist sich darüber im Klaren, der Wind könnte eisig werden, denn man kennt das Risiko. Nach erfolgreichem Interview wird John als ›Enteiser‹ angeheuert und beginnt zu arbeiten. Es wird ihm rasch klar, dass das Projekt über 100 Mitarbeiter und erheblich mehr als gedacht braucht und es müssen Produkte zugekauft werden.

Wenn John arbeitet, kniet er sich voll in seine Aufgaben. Er kann halbe Sachen nicht ausstehen und kennt die Bedeutung von

Zielorientierung. Wenn schon, denn schon. So identifiziert er rasch die ersten Schwachstellen und sieht ein Gespräch vor Ort als dringend an, denn die ersten Zulieferungen aus Schweden beruhigen den Kunden nicht, im Gegenteil.

Am ersten Tag in Stockholm trifft er den Vorstandsvorsitzenden, den CEO. Der begrüßt ihn freudig und fragt nach dem Fortschritt. John antwortet: »Die Frage gebe ich zurück, wann ist das finale Team zusammengestellt?«

Der CEO ist nicht auf die Gegenfrage vorbereitet und murmelt etwas undeutlich von Restrukturierung, außerdem hab er im Moment keine Zeit. John antwortet ihm ruhig, dass Lieferzusagen verbindlich seien und Verstöße als Betrug verstanden werden könnten; die verfügbare Zeit sei knapp und das wäre vor Vertragsabschluss billigend in Kauf genommen worden.

John gewinnt diese und andere Schlachten, weil er keine Böswilligkeit beim CEO und anderswo in der Firma spürt, sondern einfach Unterlassung in der Annahme, die Menschen in anderen Ländern seien ähnlich tolerant wie in Schweden. Das beurteilt man im deutschen Managementverständnis zuweilen anders.

John kommt zu dem Schluss, das Projekt für den deutschen Großkonzern lasse sich leichter aus Schweden steuern als das schwedische Unternehmen aus Deutschland. Der Gedanke belustigte ihn.

Begünstigend kommt für ihn als externer Berater hinzu, dass der Flug nach Stockholm günstiger ist als die Bahnfahrt in Deutschland zum Konzern. Kaufte John das Ticket früh genug, ist er mit einem Cent für eine Strecke dabei. Dazu kommen die Flughafengebühren und Steuern und summieren sich auf ein Zehntel der bis dato im Flugverkehr üblichen Preise.

Alyssa ist vom Auftrag ihres Mannes sehr angetan und freut sich auf gemeinsame Reisen nach Schweden, denn John und Alyssa waren schon einmal in Stockholm gewesen und begeistert vom ›Venedig des Nordens‹ gewesen.

In diesem Fall kommt das neue menschliche Netzwerk Johns in Stockholm hinzu.

Gleichzeitig laufen die Vorbereitungen für die Erweiterung der Familie. Sohn Stephan ist unterwegs, um auf diese schöne Welt zu kommen und die erste Geburtserfahrung für das Paar zu werden.

5

Alfreds Erinnerungen

Aalen, 1975

Alfred Klemt und John Weißhaupt sind im selben Alter und erleiden die Schule gemeinsam. Ein Lehrer nannte John gerne den Funkturm mit permanenter Sendepause, bevor er ihn mit gut gezielten Kreidestückchen bombardierte, weil John laufend mit seinen Gedanken woanders schien als dort, wo die Musik sei.

Alfred beschäftigte sich mit den väterlichen Landmaschinen und deren Besonderheiten und konnte beinahe jedes Fahrzeug instandsetzen. John liefert laufend Gedanken aus allen möglichen und unmöglichen Bereichen. Wenn Alfred über seine Versuche, Dieselmotoren in entgegengesetzte Drehrichtung zu versetzen berichtete, lachen beide über die vier Rückwärtsgänge des Fahrzeugs und die enorm anspruchsvollen Fahreigenschaften und wegen des einzigen Vorwärtsgangs. Doch der Vorwärtsgang ist ohnehin langweilig. Man kennt die Vorwärtsfahrten.

Vier Rückwärtsgänge, das war interessant! Die Beiden schwangen sich jeder auf seine Knatterkiste, John wollte das unbedingt sehen. So fegten dann Prof. Zündapp und Dr. Kreidler, wie sie ihre Motorräder nannten, zu Alfreds heimischer Landwirtschaft, die überlistete Technik zu bewundern und im wahrsten Sinne des Wortes zu ›erfahren‹.

Nach dem Abi studierten John und Alfred trotz deren Abi Noten mit den Auszeichnungen selbstbewusster Schulignoranten Physik, jedoch sehr unterschiedlichen Erfolgen. Alfred wechselte nach der Zwischenprüfung nach Stuttgart zur Uni und schreibt sich in Fahrzeug- und Motorentechnik ein. Sie treffen sich immer wieder, um sich der positiven Ansichten des Freundes zu versichern und sich gegenseitig an den Geschichten zu erfreuen, weil die immer anders sind, als man es vom Rest der Menschheit kennt. Vor allem vielfältiger, unerwartet, fesselnd und zuweilen spöttelnd über das ›Establishment‹.

Beide fühlen sich wohl in einem gemeinsamen Verständnis, die Meinung anderer zu respektieren und höchstens ironisch, spöttelnd mit gewaschenen Kommentaren zu verblüffen.

Alfred beherrscht das außergewöhnlich was offenbar die Uni veranlasste, Studenten an seinem Witz teilhaben lassen zu wollen. Alfred übernimmt den Lehrstuhl, der ihn dann in unsere Geschichte und ins Globen-Hotel katapultiert. Dort ist John untergebracht, seit er den Auftrag des schwedischen Unternehmens unterschreiben konnte.

John und Alfred überzeugen sich gegenseitig von ihrer wachsenden Freude, anderen zu helfen. Beide tragen ihre Lebenserfahrung in die beratenden Unternehmen und sammeln ähnliche Erlebnisse in Wirtschaft, Kultur, Partnerschaft und Familie.

John stimmt sich nur mit Betroffenen ab, selten mit anderen Personen. Nur die drängende Situation und die Gefühlsschmerzen, die Sehnsucht und die Bedrohung seiner Familie trieb John, sich seinem Freund Alfred anzuvertrauen.

Hamburg Waldweg, 2002

Alfred besucht seinen Freund John. Durch seine Professur in Stuttgart unterhält er Kontakte zur Hamburger Hochschule für angewandte Wissenschaften am Berliner Tor. Er fährt in Hamburg gerne mit den öffentlichen Verkehrsmitteln. Er erreicht mit der U1 den Meiendorfer Weg und nimmt den Bus über Volksdorf, der ein gutes Stück durch den Waldweg bis zur Haltestelle führt. Natur pur. Kleine Häuschen säumen den Waldrand auf der rechten Seite, während links wohl ein Naturschutzgebiet liegt.

Die letzten 400 m von der Haltestelle bis zum Pfeifenstielgrundstück von Alyssas Haus sind bei dem schönen Wetter erholsam. Sein Hackenporsche, Alfreds Koffer Trolley gleitet mühelos über den Asphalt. Alfred kauft Technik sorgfältig.

Das Häuschen der Weißhaupts hinter der Hamburger Kaffeemühle im vorderen Grundstück, wie diese Art Häuser genannt wird, schimmert einladend weiß im Sonnenlicht. Das Walmdach vermittelt Geborgenheit. Alfred nimmt das Übernachtungsangebot gerne an. Der Garten trägt deutlich die Handschrift des grünen Daumens von Alyssa. Alfred weiß um Johns Zurückhaltung bei derlei Angelegenheiten, denn John hält viel von Handlungsfreiheit seiner Liebsten und vermeidet, dazwischen zu funken.

»Hey, alter Junge«, sagte Alfred und überreichte Alyssa die Blumen, die sie gerne in Empfang nahm und sich herzlich bedankte.

»Ich sehe, Du hast Dich ausnahmsweise nicht verlaufen!« grinste John.

Alfred ist von dem Häuschen und seiner Lage begeistert. Direkt am Wald, sinnierte er laut, wie schön.

»Gibt es Planungen für Kinder, es sieht zumindest danach aus?«

»Darum sind wir hier eingezogen, weil wir uns ein solches Umfeld für die Kinder wünschen, vor allem den gemeinsamen Aufenthalt im Esszimmer.«

»Ah, darum ist das so riesig.«

Das Abendessen war angerichtet und es gibt immer viel zu erzählen. Alyssa freut sich für John wegen seines angenehmen Freundes.

6

Der ›Alte Simpel‹

Freiburg, 1984

Z'Friburg gits a Kneipa,
die mua öppis bsunders sii…
,S chömmat viele Lüt
Do geh'n die meischte gerne hi……

So lautete der Text von Johns Lied, den John passend zur Melodie von ›Schickeria‹ der Spider Murphy Gang schreibt. Sein Text ist ein verspäteter, trauriger Minnesong, mit dem er seiner alten Liebe die Sehnsucht nach ihrem Besuch in seiner Kneipe beschreibt. Er nimmt das Lied auf und sendet ihr die Kassette zum Geburtstag.

Doch sie besucht ihn nicht. Und so steht er wieder einmal pünktlich um 17:00 in ›seiner‹ Kneipe und bewirtschaftet sie für den Eigentümer. Es könnte ein langweiliger, gastloser Abend im ›Alten Simpel‹ werden. Die Bedienung und die Küchenhilfe sind aber schon aus Überzeugung da, alles steht bereit.

Die Kneipe liegt in einer malerischen Ecke der schönen Freiburger Altstadt, und John hat ihr durch seine Freundlichkeit zu den Gästen seinen Stempel aufgedrückt.

Am vergangenen Donnerstag, erinnert er sich, verirrten sich zwei Soldaten der in Baden-Württemberg stationierten französischen Streitkräfte in das Lokal und John schien sie mit seinem damals exzellenten Französisch in Wort und Schrift in den Bann gezogen zu haben.

Nun steht er am Sonntag allein hinterm Tresen und bereitet alles für einen reibungslosen Ablauf vor, falls sich doch noch der eine oder andere Gast einfindet. Immerhin hat John eine Reihe von Stammkunden, die gerne Unterhaltung suchen und in der Kneipe finden.

Die Vorbereitungen in der Küche ziehen sich wie immer hin, denn eine ordentliche Weinstube hat natürlich besondere Snacks vorzubereiten, um im gastronomisch verwöhnten Freiburg mehr als nur Gespräche zu bieten. Manche Snacks sind einfach zuzubereiten, andere zeitaufwendig. Der ›Große Winzerteller‹ mit feinem französischem Käse, die Scheiben frischen Landbrotes und die feine Leberwurst können erst auf Bestellung vorbereitet werden, damit auch alles appetitlich aussieht. Hier neigt John zuweilen zur Perfektion, was sich aber in der Akzeptanz der Gäste zu seinen Platten und in gutem Umsatz zeigte.

Für John ist der Umsatz ein Gradmesser der Zufriedenheit von Gästen und Eigentümer. Auch Johns ›Trinkgeld‹ gesellt sich zum Gradmesser.

Um 20:00 Uhr passiert es dann: Die Tür zur Weinstube wird von einer ausgelassenen, etwa 40-köpfigen Gruppe junger Frauen aufgerissen, die sich sofort gleichmäßig in dem länglichen Lokal verbreitet. Die jungen Schwedinnen sind in einem Bus gekommen und haben Lust auf eine süddeutsche Weinstube. John hilft, sie zu platzieren und sorgt für Zufriedenheit. Etwas bange ist ihm, wie er alles bewerkstelligen kann, und er bittet die jungen Damen charmant um Verständnis. Die versprechen dem sympathischen jungen John Entgegenkommen, die Zusammenarbeit zwischen den Gästen und ihrem ›Zapfer‹ funktioniert hervorragend.

Am folgenden Montag schmunzelt John, als er an die Schwedinnen denkt, als sich ihm gegenüber am Tresen ein älterer, großgewachsener Herr mit silbergrauem Rauschebart setzt. Dicke, buschige schwarze

Augenbrauen unterstreichen seine beachtliche Person. Er sieht freundlich aus und John spürt eine ›stimmige Chemie‹.

John sieht ›seine‹ Weinkneipe auch als Ort, in dem man Wein probieren kann, ohne gleich ein Vermögen auszugeben.

Er fragt den freundlichen Herrn nach seinem Begehr. Der will eine Apfelschorle. Klar hat John Apfelschorle im Angebot, mindestens für die Begleiter von Weingenießern. Gelegentlich äußert er aber schon, man sei ja schließlich kein Saftladen, sondern eine Weinstube, wobei er lustig zwinkert. Bei dem Herrn verkneift er sich die Bemerkung und versucht, ihn dennoch wenigstens zum Probieren anzuregen.

Der Herr bleibt standhaft und John erfüllt ihm seinen Wunsch, fragt dies und fragt jenes, er lässt John die Gelegenheit, sich um seine anderen Gäste zu kümmern, wodurch sich seine Sympathie für den Herrn weiter steigert.

Schon wieder geht die Tür auf und eine Gruppe junger Franzosen mit verräterischem Kurzhaarschnitt stürmt herein. John erkennt darunter die beiden Franzosen, die wohl in ihrer Garnison von dem Geheimtipp in der Freiburger Innenstadt erzählten. John kümmert sich in seiner Art sofort um die Zufriedenheit der Neuankömmlinge und bedeutete dem Herrn durch Achselzucken, dass er sich auch um die anderen Gäste kümmern muss.

Der Herr lächelt, bezahlt und verschwindet aus der Kneipe so zurückhaltend, wie er eingetroffen ist. John bedankt sich bei ihm für sein Verständnis.

Eigentlich ist John nur interimistischer Kneipier. Er ist im realen Leben Student, der sich seinen Lebensunterhalt für das Studium selbst verdient.

Zuvor hatte er eine gute Teilzeitarbeit, die ihn allerdings zu stark beanspruchte und nicht mit dem Zeitaufwand für den Studienabschluss vereinbar war.

Neben seiner Kneipe verdient er noch Geld als Marktforscher und Tanzmusiker im nahen Elsass, was ihn aber nicht wirklich über die Runden bringt. Zusätzlich ist er noch zum ›Roadie‹ aufgestiegen, denn ein lokaler Konzertveranstalter suchte kräftige Studenten, die beim Aufbau von Konzerten von Gianna Nannini, Udo Lindenberg oder Joe Cocker helfen, das Equipment auf die Bühne zu schleppen und nach dem Aufbau und während des Konzerts den Missbrauch der Notausgänge für kostenlosen Eintritt zu verhindern. Hier ist Wehrhaftigkeit in Form guter Argumente erforderlich, die John auch liefert.

Durch die reduzierten Verzehrpreise im ›Alten Simpel‹ für das Kneipenpersonal hat John hin und wieder die Gelegenheit, günstig zu essen. Seinen Nebenverdienst muss er zur Vorbereitung auf die Abschlussprüfung einschränken, damit er während der wachen Zeit nach Tagesbeginn sich seinem naturwissenschaftlichen Lernen widmen kann. John studiert mehrere Fächer, sein Schwerpunkt liegt auf der Physik. Er liebt das Studium der Wirkung von Technik.

Das bereitet ihm gleichermaßen Spaß und Mühe und gelegentlichen Frust, wenn er nicht schnell genug kapiere. Er nimmt es überall genau, ohne sich zu beschränken. Zu diesem Zeitpunkt weiß er nicht, ob er die Prüfung an der Uni bestehen und was er danach beruflich machen würde.

Er hat viele Freunde in Freiburg; wenn ihm zuhause in seiner Innenstadtwohnung wieder einmal der Himmel auf den Kopf fällt und die Gedanken Karussell fahren. Dann verlässt er sein Domizil fast fluchtartig und lenkt seine Schritte zuweilen zu Freunden, die nicht nur einen Blumenladen, sondern auch angenehme Verkäuferinnen und vor allem Kaffee haben. Im Laden zwängt er sich dann in die

Personalecke und hat gute Gespräche. Abends gibt es dann zuweilen Gegenbesuch in seiner Kneipe.

John hat sich trotz Geldmangel einen Synthesizer gekauft und beschäftigt sich zuweilen damit, das Ding klangmäßig mit dem selbstgebauten Minicomputer und selbstgeschriebenem Programm zu steuern. Das ist zuweilen Gegenstand ihrer Blumenladengespräche.

Eines Tages fragte der Ladenbesitzer, ob er nicht künftig bei einem Bekannten programmieren wolle. John lehnt das komplett mit der Bemerkung ab, es sei heute schon klar abzusehen, dass man die Anwender von Software damit im Regen stehen lassen würde. So etwas käme für ihn niemals in Frage.

Der Blumenladenbesitzer lässt aber nicht locker und John stimmt nach wochenlangem Hin und Her einem Treffen zu, damit die ›arme Blumenhändlerseele‹ ihre Ruhe findet.

Doch der Blumenhändler kennt seinen Kaffeegast und lässt nicht locker. Endlich ruft John bei dem Bekannten an und vereinbart einen Termin.

Vor dem Termin probiert John seinen feinen Anzug an und muss betrübt feststellen, dass die Hose viel grösser geworden war und ständig rutscht. Er denkt, hoffentlich zeigt der Bekannte mir nicht seine Firma...

Die Firma in Freiburg präsentiert sich klein, aber fein. Die freundliche Sekretärin führt John in den Besprechungsraum, bringt Kaffee und Plätzchen und bittet um Geduld.

Nach kurzer Zeit öffnet sich die Tür und hereinkommt – der Herr ›Apfelschorle‹ aus der Kneipe. John soll zwei Tage später anfangen, sagt zu und wird von Herrn ›Apfelschorle‹ direkt unter die Fittiche genommen. Er besteht seine Probezeit mit Glanz und Gloria und lernt so ziemlich alles, wie ein Unternehmer denkt und was er ›tun muss‹. Herr Apfelschorle verrät ihm später einmal, das Einstellungsgespräch habe in der Kneipe stattgefunden.

Vom Betriebsrat erfährt John, Herr ›Apfelschorle‹ sehe ihn als seinen Nachfolger. Doch elf Jahre später zerstreiten und trennen sie sich.

7

Verzweiflung

Internet, 2021

Alfreds Empfehlung beim letzten Gespräch: »Setz Dich mal mit dem Thema Täuschung auseinander«.

»Alfred, wozu?«, hatte er gefragt.

»Sieh es im Zusammenhang von Täuschung und Enttäuschung, was die drohende Trennung von Alyssa angeht.«

Ich kannte John als aufrichtigen Menschen, der anderen Menschen nichts Böses unterstellen konnte, außer im geschäftlichen Umfeld. Geschäftlich kannte ich John als ebenso vorsichtigen wie robusten Gesellen, was er im persönlichen Umgang mit Menschen aus seinem privaten Umfeld rigoros ablehnte.

›In dubio pro reo‹ war sein Motto, das er weit gefasst verstand, und Anklagen sehr zurückhaltend gegenüber eingestellt war.

Eines Tages, viele Wochen später, rief John mich wieder an. Wir vereinbarten eine Videokonferenz zu zweit, passend zur grassierenden Corona-Pandemie.

❦

»Ach herrjeh, John, Du siehst nicht gerade glücklich aus. Was ist geschehen?«, fragte ich, als sein Gesicht auf dem Bildschirm auftauchte.

Bekümmert kam zurück: »Alyssa hat zum vierten Mal ihre Absicht bekundet, mich zu verlassen. Ich bin im Wechselbad der Gefühle. Am einen Tag bin ich wütend, weil ich nicht weiß, was ich angestellt haben soll. Sie wünscht nicht, dass ich nach Hause in den Kreis der Familie komme, um auszuloten, wie wir unsere Verständigung aufbauen könnten.« meinte John.

»Ja, Verständigung scheint mir auch der einzige Weg, den Alyssa und Du nutzen könntet.«

John berichtete davon, wie wütend ihn der Wunsch von Alyssa machte, dass er von zuhause fernbleiben möge. Er habe Alyssa gesagt, sie würde das Schlimmste tun, was man einem Menschen antun könne, indem man ihn seiner Heimat beraube. Immerhin sei er mit ihr in ihr Umfeld gezogen, damit sie die Nähe zu ihrer Herkunftsfamilie habe und habe dort das Leben mit seiner Familie mit aufgebaut.

John schimpfte: »Außerdem ist es mir gesetzlich gestattet, in meinem bisherigen Heim zu wohnen. Alyssa und ich können uns ja aus dem Weg gehen, Hauptsache, ich könnte wenigstens mit den Kindern zusammen sein.«

Er schwieg bedrückt, dann fuhr er fort: »Die Situation ist fürchterlich, diese Ablehnung fühlt sich schrecklich an. Aber ich will keine gewaltsamen Lösungen. Wenn es ihr Wunsch ist, bleibe ich selbstverständlich weg. Sie hat vorgeschlagen, mir eine Wohnung in der Nähe der Kinder zu suchen. Das hat mich noch wütender gemacht, denn so nett die Wohnung sein würde, so würde ich doch die Bleibe in meiner alten Heimat Aalen vorziehen. Die Familie will mich offenbar doch lieber nicht.«

John geriet in einen Weinkrampf und stieß hervor: »Ich sagte ihr verzweifelt, sie würde die Familie und die Ehe ermorden.«

»Wieso kämpfst Du denn so heftig und verbissen um eine Familie, die Dich offensichtlich nicht will?«.

»Die Kinder wollen schon. Sie fühlen sich bestimmt ignoriert. Das kommt sicher von dieser Fernsehserie, in der Trennungen ohne Anstrengung billigend in Kauf genommen werden. Man braucht sich nicht zu wundern, wenn die Leute dann danach leben und völlig vergessen haben, dass die Familie auf dem gegenseitigen Versprechen des Zusammenhalts basiert. Ich verstehe schlicht nicht, was ich getan haben soll, was diesen Unsinn rechtfertigt und hoffe auf Einsicht von Alyssa.« John redete sich in Rage.

Ich fragte John nach seinen Vorstellungen wegen der Kinder. Prompt kam die Antwort, dass er genügend schreckliche Beispiele kenne, welche die Kinder in solchen Situationen stark beschädigt hätten. Erwachsene sollten so viel Mumm aufbringen, Geborgenheit für Kinder herzustellen. Daher wollte er diese Situation auf jeden Fall vermeiden.

»Hast Du denn darüber mit Alyssa gesprochen?«

»Ja klar. Sonst hätte ich ihr niemals mein Versprechen gegeben und sie geheiratet, um Kinder in Liebe großzuziehen«, antwortete John energisch.

»John, wie fühlst Du, wenn Du all das denkst? Was wäre Dein Wunsch?«

»Alfred, Du kannst ganz schön blöd fragen. Muss ich Dir das wirklich beantworten? Ich gehe extra zur Psychiaterin, um herauszufinden, was bei mir nicht stimmt. Aber um Deine Frage zu beantworten, ich fühle mich scheiße, und ich will alles tun, um einen erneuten, gemeinsamen Weg mit Alyssa zu finden.«

Ich verharrte kurz nachdenklich. Aus den Erfahrungen in meiner Arbeit weiß ich um den Effekt der unpassenden Abbildung der Gesprächspartner im jeweils anderen Gehirn. Ich nenne das die Repräsentanz des anderen im eigenen Kopf. Man bemüht sich eher um die virtuelle Figur in der Einbildung und deren Erhaltung, als dass man sich eigene Fehler eingesteht. Man vermeidet durch Festhalten am unzutreffenden Gedanken Beschämung durch Irrtum.

»John, magst Du mir schildern, wie Du Dir das Thema Täuschung erschlossen hast?«

John ist mir bekannt als ein Denker, der in der Begriffsforschung erst ruht, wenn ein zufriedenstellendes und stimmiges Ergebnis erzielt ist.

Ich machte mich auf einen längeren Vortrag gefasst und hoffte auf die Kurzfassung, die leider nicht eintrat. Daher fasse ich zusammen. John meinte, Täuschung sei das Ergebnis nicht deckungsgleicher Ansichten und trotzdem der Glaube, sie seien deckungsgleich. Böswillig sei die Täuschung dann, wenn sie absichtlich geschähe.

»Gut, und was machst Du bei der Entdeckung von Täuschung? Wo spürst Du die im Körper, falls die Entdeckung aufgetreten ist?«

Weil John mit der Antwort zögerte, schlug ich eine halbstündige Pause vor und danach erneutes Treffen auf diesem Kanal. John sagte zu.

8

Ricarda

Freiburg, 1986

John verdient als Zauberlehrling schon 2.500 Mark im Monat, beginnt dann zwischen 9 und 10 in der Früh mit seiner Arbeit in der Firma von ›Apfelschorle‹ und ackert durch, bis kurz bevor die Pizzeria in der Innenstadt schließt oder John vergisst auf die Uhr zu sehen. Das bedeutet entweder keine Pizza oder alternativ eine Schweinshaxe oder auch Hungern. Meist entscheidet er sich für das Hungern.

Merkwürdiges geschieht in seinem Privatleben. Seit fast einem Jahr wird John in abnehmenden Abständen von einem jungen Pärchen besucht; er gewinnt den Eindruck, als wolle sein Bekannter seine Freundin an ihn loswerden, denn jedem fiel auf, wie gerne sich Ricarda mit John unterhält. John gefällt ihre offene und sehr zielstrebige Art. John ist sehr beeindruckt von ihr und spürt Schmetterlinge im Bauch.

Doch der Job ist nicht ohne. Eines Abends, spät in der Firma und zur Ferienzeit, steht John verzweifelt am Großrechner. Er ist nahezu der einzig technisch Sachkundige, der nicht in Urlaub weilt. Während eines Kundentelefonats liest er dem Kunden einen Befehl vor, der so ähnlich geschrieben wurde wie der Befehl, den er eingeben wollte. Dummerweise tippte er genau den diktierten Befehl und die komplette Firmendatenbank ist gelöscht.

John wirft den Telefonhörer weg und sprintet in den Maschinenraum, um den Not-Aus-Knopf zu drücken, jedoch leider zu spät.

John sucht die Sicherung der Datenbank während des Rechner-Neustarts, der mindestens 20 Minuten dauert – und findet keine frische Sicherung, nur eine mehrere Monate zuvor angefertigte.

Durch die Feriensituation völlig überarbeitet, klemmt er in Windeseile das Band in die Station, düst an die Konsole und beginnt, das Band einzulesen. Er weiß, die Wiederherstellung dauert etwa zwei Stunden. Also geht er an seinen Platz, um an seinem Handbuch für das von ihm geschaffene Softwaresystem weiterzuarbeiten.

Unglücklicherweise kommt ihm der Gedanke, auf dem PC noch aufzuräumen mit dem Ergebnis, dass das von ihm gerade verfasste Handbuch auch noch futsch ist.

Zerknirscht stapft er in den Maschinenraum, um sich buchstäblich abzukühlen; es ist schon 23 Uhr. Er hört, wie jemand die Tür vom Maschinenraum aufschließt und vor ihm steht der Gründer und Eigentümer der Firma, Herr Apfelschorle. John berichtet wahrheitsgemäß und äußerst beschämt.

Herr Apfelschorle setzte ein strenges Gesicht auf und fragt, wann John das letzte Mal im Urlaub gewesen sei.

»Noch nie«, sagte John.

Herr Apfelschorle meint, er sehe ihn nur arbeiten, von früh morgens bis spät in die Nacht. Wer konzentriert arbeiten wolle, müsse Pausen machen. Das sei künftig zu beachten.

Er ergänzt: »Nicht zur Strafe, nur zur Übung werden Sie drei Dinge tun: Erstens werden Sie die komplette Firma morgen zu Kaffee und Kuchen einladen. Die Menschen müssten nun sehr viel nacharbeiten.

Zweitens werden Sie übermorgen einen mindestens vierwöchigen Urlaub antreten.

Drittens werden Sie nach Ihrer Rückkehr vom Urlaub ein Backup-Konzept entwickeln, das alle Prozesse so enthält, dass die Putzfrau damit klarkommt. Dazu gehört auch die Beschreibung der Häufigkeit. Und jetzt ab nach Hause, ich kümmere mich um die Wiederherstellung der Arbeitsfähigkeit der Mitarbeiter.«

John ist verblüfft über die unerwartete Reaktion seines geschätzten Chefs.

Am übernächsten Tag sitzt John im bezahlten Zwangsurlaub. Sein ruheloser Geist meckert, er will das nicht und verlangt, John möge sofort wieder aktiv werden.

John wird im Privaten aktiv und ruft Ricarda an. Hier muss mehr kommen, die Frau taucht wie Kai aus der Kiste auf! Drei Wochen später sind beide verheiratet, was ihr ehemaliger Freund nicht kampflos hinnimmt. Er geht vor Johns Wohnung in Karateposition und will losprügeln. John mag zwar keine Gewalt, doch er scheuert dem Kontrahenten und Ruhe ist.

Zunächst verläuft die Ehe wunschgemäß, den sich steigernden Anforderungen in ihren als auch den beruflichen Ansprüchen kann John nur schwindend nachkommen. Er sucht das Gespräch mit seiner Frau, um mit ihr auch über seine Bedürfnisse zu sprechen. Sie geben sich Zeit, ihre Differenzen zu bereinigen- zunächst drei Jahre, dann noch ein paar Jahre, aber die Ehe hält nicht. 17 Jahre nach der Hochzeit werden sie geschieden. John hätte den Schritt nicht unternehmen sollen, wie er heute weiß.

Auch beruflich kommt eine Trennung. Im Jahr 1996 verlässt John die Firma, obwohl Herr Apfelschorle ein fantastischer Chef war, der John sehr schätzte. Doch John wollte sich umfangreich aus Fesseln lösen, die ihn behinderten.

Apfelschorle rief ein Jahr nach Johns Bruch mit ihm an und bittet ihn, zurückzukommen. John sagt zu, sich das drei Wochen lang durch den Kopf gehen lassen zu wollen. Er sagt nach zwei Wochen ab und Apfelschorle ist sehr sauer. Zu welchem anderen Zeitpunkt sollte sich John stattdessen von seinem sehr bewunderten Ziehvater lösen? John weiß, Apfelschorle ist der treffsichere und zielführende Unternehmer und bildete John aus. Das will John selbst zur Wirkung bringen.

9

Enttäuschung

Aalen, 2021

Zurück vom Spaziergang und in der Videokonferenz sagt John: »Alfred, die halbe Stunde tat mir gut. Die Gespräche mit Dir erhellen. Vielen Dank für Deine Zeit.«

»Was soll denn das bedeuten, John, gibst Du auf?« brummte ich ungläubig.

Typisch John, seine Gedankensprünge sind legendär. Einerseits sind diese Hopser für Beteiligte mühevoll, andererseits sehr erhellend. John bezieht immer Andere mit in seine Gedanken ein. Mit viel Geduld und Nachfragen komme ich mit ihm schnell weiter.

»Ich gebe nicht auf, Alfred. Ich liebe Alyssa., Wir gaben uns ein Versprechen. Das will ich einhalten.«

Ich könne das gut verstehen, sagte ich und nickte zustimmend. »Alyssa konnte ich als liebenswerte Frau kennenlernen. Und wie gehst Du mit Deiner Enttäuschung um?«

»Du sagst es ja bereits, es ist meine Enttäuschung, also von mir produziert, nicht von Alyssa. Ich werde herausfinden, was an mir nicht stimmt. Viel kann das nicht sein. Ich bin kein Kotzbrocken.«

Da stimmte ich John sofort zu und fragte ihn, was er weiter zu tun gedenke.

»Kennst Du den Film ›Notting Hill‹ mit Julia Roberts?« fragte John?

»Ja, klar. Wieso fragst Du?«

»Nun, Julia Roberts alias Anna Scott, die berühmteste Schauspielerin der Welt, sagte in einer berührenden Szene, sie sei ja auch nur ein Mädchen, das von einem Jungen geliebt werden möchte.«

»Ich erinnere mich daran, John. Wie ich Dich kenne, heulst Du bei der Szene.«

»Ja, und Alyssa und Klara lachen über Mann und Papa dann regelmäßig, wenn sie erleben dürfen, wie nahe er am Wasser gebaut ist.«

Er fuhr fort: »Ich meine, auch Alyssa hat das Recht, Fehler zu machen, und vor allem das Recht, die Gestaltung ihres Lebens frei zu übernehmen. Wir telefonieren ohnehin jeden Samstagvormittag, um uns auszutauschen und dabei erneut zu lernen, wie wir künftig kommunizieren, egal zu welcher Form des Zusammen- oder Auseinanderseins.«

Ich schmunzelte in mich hinein und dachte, wieder eine typische Denkweise von John. Der ist ein Fels in der Brandung. Ich fragte mich, ob ich Alyssa überschätzt hatte und ob sie zu den Fassadenmenschen gehört, die sich gerne vorzüglich darstellen, wenn alles gut geht und sobald das Schiff in bedrohliche See gerät, einknicken und die passenden Begründungen finden.

So erwiderte ich ihm in der Hoffnung auf ein gutes Ende: »Ich habe den Eindruck, wir können uns wieder anderen Themen zuwenden, denn Du bekommst das hin. Ich, jedenfalls drücke Dir von Herzen die Daumen für Eure Gespräche. Grüß mir Alyssa und die Kinder.«

»Dir nochmals vielen Dank und bis bald. Tschüss Alfred!«

Ich hatte den Eindruck, John war zutiefst getroffen und ich war von seinen Anstrengungen überzeugt, sich zu ändern. Er ist äußerst anpassungsfähig und er ist sich bewusst, dass er sich ändern muss. Er will das Beste für Alyssa. Ich konnte auch keinen echten Groll von ihm gegen seine liebe Frau feststellen.

Der wird die Änderung seiner Persönlichkeit durchziehen.

Über den Autor

Michael Schmid

Der Autor denkt gerne und viel und nicht immer linear. Friedliche und emotionale Intelligenz, Respekt und Berücksichtigung sind seine Leitlinien. Dafür steht auch sein Unternehmen.
Durch sein Physikstudium begünstigt sucht er immer nach den Gültigkeitsbereichen für Aussagen und weiß, es gibt mehrere Wege zum Ziel. Das minimiert Risiken methodisch und strukturiert.

Autor auf Amazon

Weitere Bücher

Greenfield Approach

›Auf der grünen Wiese wachsen die Ideen.‹ Beschreibung einer alternativen Methode statt risikoreicher Veränderungsprozesse.
Überlegungen für Unternehmer.

Verrat im Hotel der Innovation

Verpackt in einen Krimi beschreibt Schmid sein Konzept für das erste private Innovationscluster in Deutschland.
Überlegungen für Unternehmer und Investoren.

www.ingramcontent.com/pod-product-compliance
Ingram Content Group UK Ltd.
Pitfield, Milton Keynes, MK11 3LW, UK
UKHW022009190726
13853UKWH00004B/1827